Les saisons dangereuses

tempo

Couverture illustrée par Pierre Mornet

ISBN : 2-7485-0408-9
© Syros/Alternatives, 1990
© Syros, 2006

VIRGINIE LOU

Les saisons dangereuses

SYROS

À Joseph

Jeudi 20 mai

Cher Frédéric,

Tu as trente ans et j'en ai douze, c'est pour ça que tu me traites en gamine et qu'hier soir, comme à une gosse de huit ans, tu m'as apporté des bonbons. Je t'ai détesté. Ma mère a ri, en disant tout haut que j'allais grossir. Mon père a ri. Et toi aussi, tu as ri. Je les ai pris, tes bonbons, et je suis allée direct les balancer dans le vide-ordures.

Pourquoi as-tu voulu me faire honte alors que tu es si gentil avec moi, d'habitude ? Quand tu viens dîner chez nous, tu m'offres un livre, un tee-shirt ou même, comme la dernière fois, la jupe fluo qui a fait hurler maman. Pourquoi hier soir ce cadeau idiot, des bonbons ?

Puis tu t'es mis à discuter à mi-voix avec papa et maman. Est-ce que tu t'imagines que je ne sais pas de quoi ? Je l'ai compris, que ta Marion t'a quitté. Et je trouve ça très bien, même si tu as un peu de chagrin en ce moment. Elle était ridicule, ta Marion, avec son look gothique pour faire jeune, alors qu'elle avait au moins vingt-huit ans. D'ailleurs, elle n'aimait pas les jeunes : à moi, elle ne m'a jamais parlé.

J'ai pleuré toute la nuit à cause de ces fichus bonbons. J'ai compris que tu ne voulais plus qu'on soit amis comme avant, qu'on parle ensemble comme avant. Alors tu ne veux plus m'emmener au ciné, comme mercredi ? Mais pour-quoi ? Tu avais l'air content mercredi, pourtant ! On a ri comme des fous et tu m'as tenu la main pendant tout le film !

Est-ce que j'ai été méchante avec toi ? Réponds-moi, mais surtout pas à mon adresse parce que maman, qui connaît bien ton écriture, me demanderait pour-quoi tu m'écris. Il faudrait lui expliquer, elle se moquerait encore de moi, et j'aurais honte, par ta faute, une deuxième fois.

Je mets au dos de l'enveloppe l'adresse de ma copine Julie. Tu mettras la lettre pour moi dans une enveloppe à mon nom, et cette enveloppe dans une autre, à l'adresse de Julie. Je lui dirai qu'elle va recevoir une lettre pour moi, mais je ne lui dirai pas de qui. Personne ne saura rien. Je n'en parlerai à personne.

Ce sera notre secret.

Je te fais une très grosse bise, mais seulement si tu me réponds.

Marjolaine

Lundi 24 mai

Très chère Marjolaine,

Ta lettre m'a peiné et ennuyé. Je suis désolé de t'avoir blessée en t'offrant ces bonbons (qui n'étaient pas de vulgaires bonbons, tu l'auras remarqué, mais des chocolats), d'autant plus que j'étais allé les chercher tout exprès pour toi chez Dalloyau, parce que tu avais dit (souviens-t'en, c'était pendant le dernier week-end que nous avons passé, tes parents, toi,

Marion et moi, à Royan) que tu adorais les chocolats de chez Dalloyau.

Je ne voulais pas t'humilier : au contraire, je voulais te faire plaisir en t'offrant précisément quelque chose dont tu avais parlé. C'était une façon de te montrer que tout ce que tu dis est important pour moi, jusque dans les plus petites phrases. Tu vois à quel point tu as eu tort de pleurer toute la nuit à cause de ça !

Si je n'ai pas pris un moment pour discuter avec toi, mercredi soir, comme nous le faisons toujours, c'est que le départ de Marion m'a, c'est vrai, un peu déboussolé. J'avais envie de raconter ce qui m'arrive à tes parents : Jacqueline et Christian sont mes amis les plus proches. Mais tu sais tout cela (et, à bien y réfléchir, je ne comprends pas pourquoi tu m'as envoyé ce mot plein de reproches injustes).

Cela dit, j'ai été ennuyé que tu me demandes de t'écrire à l'adresse de Julie. Je le fais parce que je t'aime beaucoup, et que je regrette de t'avoir, bien involontairement, blessée. Mais que ma lettre à cette adresse soit la première et la dernière : cela me met dans une position délicate vis-à-vis de tes parents, j'ai l'impression de les tromper.

Jacqueline et Christian, tels que je les connais, auraient très bien compris, il me semble, ta lettre et la nécessité de sa réponse. Nous n'avions pas besoin de cacher quoi que ce soit.

Je t'embrasse, ma petite Marjo. Tu es trop sensible.

Ton ami, Frédéric

Mardi 25 mai

Mon cher ami Frédéric,

Alors, c'est vrai ? Tu étais allé exprès chez Dalloyau pour me chercher des chocolats ? Mais tu as fait des kilomètres !

Je peux te l'avouer maintenant : j'avais vu qu'ils venaient de chez Dalloyau, et je me souvenais bien en avoir parlé. Mais je ne veux pas que tu m'offres des bonbons, comme à une gamine, devant mes parents !

D'ailleurs ma mère a ri, tu l'as remarqué : c'est qu'elle a trouvé bizarre que toi, tu m'offres des bonbons, alors que j'ai douze ans et demi, et que dans moins de deux ans environ, je serai une femme (maman m'a tout expliqué).

Elle m'a dit aussi que tu venais ce week-end, tout seul sans Marion, avec nous à Royan. Je suis contente ! Je raye sur mon cahier de textes chaque jour qui passe.

Je suis en cours de maths en ce moment. Je me fiche de ce qu'elle raconte, la prof. Je te parle tout doucement, en cachette, sur cette feuille : elle, je ne l'entends plus. La salle de classe est au dernier étage. On voit par-dessus toute la ville, jusqu'au port. À la fin, on ne voit plus rien que la mer bleue, toute bleue sans aucune autre couleur.

Est-ce que tu m'emmèneras sur ton bateau, dimanche matin ? Tu sais bien, c'est quand papa et maman vont faire des courses pour midi. Toi d'habitude, tu pars sur ton bateau avec ta Marion, et moi je vais faire les courses avec Jacqueline et Christian. Pas marrant marrant ! Mais dimanche, Marion ne vient pas : tu ne vas quand même pas partir tout seul sur ton bateau ! Tu m'emmèneras ?

Je t'embrasse +++

Ton amie Marjo

P.S. : Je ne comprends pas pourquoi tu ne veux pas m'écrire chez Julie. Elle n'est au courant de rien : c'est ma meilleure amie, mais je ne suis pas obligée de tout lui dire. Et si je t'écris, il faut bien que tu me répondes. Et si tu envoies la lettre chez moi, mes parents voudront savoir notre secret ! Non ! Je ne veux pas ! C'est notre trésor, à toi et à moi !

Mardi 1er juin

Mon ami Frédéric chéri,

Merci, merci de m'avoir emmenée sur ton bateau ! Toute la journée seuls tous les deux ! C'était super-génial !

Tu ne trouves pas qu'on fait une bonne équipe ? On se comprend sans se parler. Tu n'as pas besoin de me dire ce qu'il faut faire, et tu fais exactement ce que j'aurais fait à ta place. Sans doute parce que c'est toi qui m'as appris à naviguer. (Tu te souviens, la première fois, dans le bassin d'Arcachon ? J'avais huit ans ! J'avais peur et tu me serrais très très fort !)

J'étais une gamine, à ce moment-là. Mais toi, Frédéric, le seul parmi les copains de mes parents, tu ne me parlais pas comme à une petite fille. Tu me parlais vraiment. Depuis la première fois où tu es venu chez moi, depuis le premier soir où on a parlé tous les deux, j'ai su qu'on était des amis pour la vie. Et sur le bateau, dimanche, tu m'as parlé exactement comme à une grande personne.

C'est pour ça (je peux te le dire maintenant, puisque tout est fini entre vous) que j'ai toujours détesté ta Marion : elle, elle m'envoyait promener comme une gamine. Elle était jalouse, il n'y a pas d'autre explication. Elle a senti que nous étions des amis pour la vie, et elle a voulu nous séparer.

Sur le bateau, j'ai bien vu qu'elle n'y avait pas réussi. Tu te souviens, quand on a regardé le soleil ? C'était tellement beau ! Le soleil couchant me donne toujours envie de pleurer. Tu as passé ton bras sur mes épaules et on est restés assis, tous les deux, à l'avant, à regarder le soleil se coucher comme deux amoureux.

Dans la nuit, je me suis réveillée. Je ne voulais pas me rendormir, pour me souvenir, encore, encore, de ton bras sur mon épaule pendant que le soleil rouge tombait dans la mer violette, et quand c'était fini, que le soleil était tombé et que tu te levais, je recommençais au début dans ma tête, au moment où tu as posé ton bras et que j'étais tellement surprise et heureuse que mon cœur s'est décroché. Et c'était si bien, de me souvenir, que je n'ai pas dormi du tout. J'ai vu défiler toutes les heures sur le réveil. Comme ça, toute la nuit, je l'ai passée avec toi.

Après, sur le port, quand on est allés boire un chocolat avant de rentrer à la maison parce qu'on ne voulait plus se quitter, il y avait une femme d'au moins vingt-huit ans qui te regardait, à côté de nous. Elle était belle (plus belle que ta Marion avec son maquillage ridicule). Elle avait de beaux cheveux. Mais tu ne l'as pas vue, parce que tu me regardais, moi. C'est dans mes cheveux que tu jouais avec tes mains, et tu m'offrais un chocolat parce que je l'avais demandé, sans me dire, comme l'aurait fait immanquablement maman, qu'on ne boit pas de chocolat avant le dîner. Avec toi je fais ce que je veux. Je suis grande, pour la première fois de ma vie.

Jure-moi Frédéric, mon ami Frédéric chéri, de m'emmener encore dimanche sur ton bateau, même si mes parents ont décidé de ne pas aller à Royan mais chez grand-mère à Chaillevette. Après tout, je ne suis pas obligée de rester avec eux comme un petit chien ! J'ai douze ans, bientôt treize, et maman m'a dit que dans moins de deux ans environ je serai une vraie femme, avec des seins et des règles.

Tu vois.

Emmène-moi, Frédéric. Je t'embrasse très très fort comme quand on s'est quittés dimanche soir.

Ta Marjolaine

Mercredi 2 juin

Chère petite Marjo,

Ta lettre me fait peur. Que vas-tu t'imaginer ? Quand je passe mon bras autour de ton épaule pour regarder le soleil couchant, cela ne veut pas dire que nous sommes des amoureux. Simplement, quand je t'ai connue, tu étais une petite fille. Je te berçais dans mes bras, tu montais sur mon dos... Et je l'ai toujours fait, depuis que je te connais. Quand Jacqueline et Christian allaient au cinéma, je passais la soirée avec toi, on regardait la télé, on lisait, on jouait à cache-cache. Tu venais même te glisser dans mon lit, le matin, quand je restais la nuit. Je me suis toujours occupé de toi comme le fait ton papa, ou comme le ferait un grand frère. Au café, si je suis avec toi, je te regarde, c'est normal, je ne regarde pas les femmes aux tables à côté de nous.

Qu'est-ce qui se passe, petite Marjo ? D'où te viennent ces idées ?

Tu m'obliges d'abord à t'écrire chez Julie (et finalement, alors que cela me gêne, je suis obligé d'accepter, je ne peux pas laisser tes lettres sans réponse). Puis tu me tiens des discours insensés sur ce qui se passe entre nous (alors que je t'ai toujours prise par le cou, tenue dans mes bras, embrassée... tout naturellement !).

Reviens sur terre, Marjolaine. Je t'aime beaucoup. Je te connais depuis longtemps, et nous avons déjà fait, tous les deux sur le bateau, des virées fantastiques. Mais je suis trop vieux pour toi. J'ai dix-huit ans de plus que toi ! Regarde autour de nous : dans un couple, les amoureux ont le même âge ! Ceux de trente ans avec ceux de trente ans, ceux de douze avec ceux de douze.

Je sais que ma lettre va te mettre dans une colère terrible, mais il faut voir les choses en face. Soyons de bons amis, Marjolaine. Faisons du bateau ensemble comme de vieux copains que nous sommes maintenant. D'ailleurs, dimanche, je participe à une régate : accepterais-tu d'être ma coéquipière ?

Tu vois comme j'ai confiance en toi : tu navigues bien, tu comprends tout... Je suis sûr que tu comprendras cette lettre. Je te fais de grosses bises. À dimanche !

Ton ami, Frédéric

Lundi 7 juin

Mon cher ami que j'aime Frédéric,

Il y a une chose que je ne t'ai pas dite hier, parce que je n'ai pas eu le temps (à quelle vitesse on allait! Jamais on n'est allés aussi vite avec le bateau!), c'est à propos de l'histoire des âges. Tu m'écris que je dois regarder autour de moi : dans un couple, les amoureux ont le même âge. Eh bien justement, je regarde : papa a treize ans de plus que maman, et vos amis de Toulouse, Sylviane et Éric, ont vingt-cinq ans de différence, et c'est même Sylviane la plus vieille des deux!

Alors tu vois.

D'ailleurs, quand on est sur le bateau, est-ce que la différence d'âge nous empêche de nous comprendre? Est-ce que tu connais quelqu'un de trente ans capable de comprendre, comme moi, à l'avance, tout ce que tu veux faire? Et si je comprends sur le bateau, pourquoi je ne comprendrais plus à terre? Tu m'as dit hier que j'étais très mûre pour mon âge : en fait, j'ai au moins quinze ans pour la réflexion. Tu vois, ça ne nous fait que quinze ans de différence, à peine plus que papa et maman.

Ce que j'aime le plus, sur le bateau, c'est quand tu me parles avec tes yeux. Je te regarde, je te regarde, et au moment où tu me regardes, je comprends ce que tu voudrais faire, et je le fais à ta place. Tu te souviens, quand il a fallu prendre un ris ? Tu regardais la grand-voile, puis tu as regardé, derrière, le First qui remontait sur nous, puis tu as regardé devant, la bouée que nous devions contourner, puis tu m'as regardée, avec tes yeux qui sourient : j'ai aussitôt sauté sur le pont. J'avais compris. Je n'avais pas besoin d'avoir vingt-huit ans pour comprendre ! J'ai fait la manœuvre toute seule, le bateau a bondi en avant et on a laissé le First sur place. Quand je suis revenue dans le cockpit, tu m'as serrée contre toi d'un seul bras, en regardant toujours la bouée. C'était beau comme dans un film !

Au port, quand on nous a appelés, nous l'équipe gagnante, et qu'on a marché tous les deux en se tenant la main jusqu'à l'estrade, le vent m'emportait, une musique large comme la mer me soulevait. Devant tout le monde, tu m'as serrée dans tes bras et tu m'as embrassée, et tous, ils ont applaudi ! Mais j'étais tellement fatiguée que mes jambes pliaient sous moi. J'aurais voulu que tu m'enlèves dans tes bras et que tu m'emportes très loin pendant que je dormais. Je ne me serais plus jamais réveillée, dans tes bras pour toujours.

Quand tu as arrêté le moteur de la voiture, j'ai ouvert les yeux. Tu étais penché sur moi. Tu me disais doucement : « On est arrivés, ma petite Marjo », en me regardant avec tellement de choses dans les yeux que mon ventre se serrait.

Toute la nuit je me suis souvenue de tes yeux tellement ouverts sur moi. Jamais je ne t'avais vu les yeux bizarres, ouverts et immobiles comme à ce moment où je me suis réveillée et que tu m'as dit : « On est arrivés, ma petite Marjo. Je te revois mercredi, je viens dîner chez toi. » C'était un rendez-vous.

Je suis allée embrasser maman. Elle m'a dit : « Eh bien ! les régates avec Frédéric te réussissent ! » Elle était très fière que nous ayons gagné tous les deux, et papa aussi. Moi j'avais envie de rire en les entendant, je n'ai presque pas répondu. J'étais pressée de me retrouver dans ma chambre, toute seule, pour rêver, pour me souvenir, pour revoir tes yeux ouverts et immobiles en fermant mes yeux, pour t'écrire.

Il est très tard maintenant. J'embrasse ce papier de toutes mes forces avant de le mettre dans l'enveloppe.

Ta Marjo

Jeudi 10 juin

Marjo, j'ai l'impression de faire un mauvais rêve. Tu m'entraînes dans une aventure folle et dont je ne veux pas. Tu interprètes tous mes gestes dans le sens qui t'arrange, et je ne sais plus comment me comporter avec toi.

Je ne veux plus t'écrire chez Julie, c'est ridicule : je n'ose plus regarder Jacqueline et Christian en face. Je me sens mal à l'aise. J'ai l'impression de les tromper et de te tromper, Marjo.

Cette lettre est donc la dernière que je t'envoie en secret, et je suis hélas obligé de t'y dire les choses nettement : non, je ne suis pas ton amoureux. Tu es encore à mes yeux une toute petite fille, et c'est comme une petite fille qui aime les câlins que je te serre dans mes bras et que je t'embrasse. C'est vrai que tu es très belle, Marjo. Et je te regarde, si belle et pleine d'énergie, comme le font tous ceux qui t'approchent, parce qu'on ne peut pas s'empêcher de te contempler, parce que ta gaieté, ton agilité, tes cheveux roux, tes sourires captent tous les regards. Mais cela n'a rien à voir avec l'amour, et même si Marion est partie, tu ne la remplaceras pas dans ma vie. Il faut que tu cesses de m'écrire ces lettres délirantes, si tu veux que nous continuions à faire des régates ensemble.

Sois raisonnable, Marjo. Tu me le dis assez souvent, et en te moquant de moi : je suis un vieux, je ne connais rien au rock et mon idole à moi, c'est Charlélie Couture. Tu vois à quel point je suis ringard. Je suis bien trop vieux pour toi.

Mais je t'aime beaucoup, depuis le premier jour où je t'ai vue, c'est vrai. Je suis ton ami et je te fais de grosses bises.

Frédéric

Lundi 14 juin

Ma petite Marjo, arrête !

Je retire tout ce que j'ai dit dans ma lettre. Non, c'est vrai, tu n'es pas une petite fille pour moi. Oui, j'aime te serrer dans mes bras, j'aime te câliner, j'aime t'embrasser, j'aime te voir courir sur le bateau. Tu le sais, et depuis le début de cette correspondance, tu cherches à me le faire avouer. Pourquoi ? Est-ce que nous n'étions pas heureux sans parler ?

Je l'avoue. Mais arrête, je t'en prie.

Tu avais prévu que Christian m'appellerait tout de suite au téléphone, qu'il me raconterait ce que tu venais de faire, la table renversée, la vitrine cassée à coups de marteau, la vaisselle en miettes, les couteaux plantés dans la cloison, les œufs écrasés sur les vitres...

Tu me fais peur, Marjo. Ta violence me fait peur.

Tu es capable de tout, tu viens de le prouver. Tu savais que je viendrais aussitôt après l'appel de ton père, que je te verrais, et je te soupçonne de t'être coupée aux mains, griffé le visage et arraché les cheveux devant moi pour me faire peur, m'obliger à revenir sur la décision que t'annonçait ma lettre, et avouer.

J'avoue donc, Marjo, mais tu m'y obliges, et je t'en veux.

Peut-être ne m'étais-je pas encore avoué à moi-même combien j'étais attaché à toi. Je me laissais porter par ce que nous vivions sans réfléchir. Je comprends maintenant pourquoi tu m'as entraîné à t'écrire aussitôt après le départ de Marion : tu voulais m'obliger à donner un autre nom à notre amitié.

Encore une fois, Marjo, je te demande d'être raisonnable, d'attendre quelques années. La différence d'âge entre nous paraîtra moins grande, tu auras peut-être changé, rencontré des garçons plus jeunes que moi. Je me sentirai, de mon côté, moins perdu qu'en ce moment...

Sois patiente, Marjo. Fais-moi confiance.

Rétablis-toi vite. Dimanche, je t'emmènerai sur le bateau. Nous pourrons parler. Et je t'apprendrai à faire le point avec les étoiles, c'est promis !

Je t'embrasse bien fort, ma petite Marjo. Je donne cette lettre à Julie qui doit te l'apporter discrètement à l'hôpital. Mais l'idée qu'elle puisse tomber entre les mains de tes parents me rend malade. J'ai hâte de pouvoir t'écrire sans passer par cet intermédiaire.

Ton Frédéric

Mardi 15 juin

Mon Frédéric chéri,

Quand je me suis réveillée, cet après-midi, Julie était là avec ta lettre. Je n'ai pas voulu l'ouvrir devant elle, je sentais qu'elle était pleine de secrets.

Et Julie qui ne partait pas ! Tout y passait : les copines, les profs, les histoires débiles du collège... Quelle gamine ! Elle attendait sûrement que je lui raconte ce qui m'arrive avec toi, parce qu'elle a,

bien sûr, reconnu que l'écriture sur l'enveloppe était la même que celle du courrier
qu'elle reçoit d'habitude et qu'elle me fait
passer. Elle sait donc maintenant que
c'est toi qui m'envoies les lettres chez elle.
Mais je ne lui ai rien dit de plus. Simplement, pour qu'elle ne pose pas de questions, je lui ai promis de lui raconter plus
tard, quand le danger serait passé. Elle
m'a regardée avec des yeux ronds en
répétant : « Danger ? » Je suis sûre qu'à
l'heure qu'il est, elle est branchée espion-
nage (avec le métier de papa, il faut dire
que ça coule de source). Elle ne risque
pas de trouver !

Et enfin, quand elle a été partie, j'ai
ouvert ta lettre. J'étais heureuse (j'avais
tellement envie que tu me les dises,
Frédéric, tous ces mots que tu m'écris là !),
mais en la relisant, j'étais malheureuse.

Ce n'est pas vrai que j'ai tout cassé pour que papa ou maman te le rapporte. Ton horrible lettre de jeudi m'avait fait tellement mal que je ne savais plus ce que je faisais. Je criais de toutes mes forces, mais ça ne suffisait pas. J'avais l'impression d'être folle : sur le bateau, quand on est tous les deux, je sens bien que tu ne me parles pas comme à une gamine, que tu ne me serres pas dans tes bras comme quand j'avais huit ans. Je me souviens bien comment tu m'as regardée dans la voiture, avec tes yeux bizarres, pendant que je dormais. Je sais bien comment tu mets tes mains pour jouer dans mes cheveux. Pourtant, ta lettre me disait que j'étais une toute petite fille, que tu étais mon ami sans plus... Alors, tout ce que je sentais, c'était faux ? J'étais folle ? J'avais tellement mal d'y penser qu'il fallait que je casse les piles d'assiettes les unes après les autres, bang, bang ! Les verres, les plats, que je défonce la vitrine, et ça ne suffisait pas, j'aurais sauté pieds nus sur les éclats, je me serais roulée dedans, j'aurais mangé des morceaux de verre...

J'ai planté des couteaux dans la cloison et dans ta sale lettre. Je l'ai déchirée à coups de couteau, ta sale lettre ! Et si j'ai tiré les cheveux de ma mère, c'est qu'elle a voulu me gifler pour me calmer, au lieu de chercher à me comprendre.

Après, ils m'ont fait une piqûre et j'ai dormi. Depuis que j'ai lu la lettre que tu as fait passer par Julie, je vais mieux.

J'attends que tu viennes me prendre pour m'emmener sur ton bateau. Mais si tu veux m'apprendre à faire le point avec les étoiles, il faudra venir me chercher samedi soir, et pas dimanche matin. Alors vrai ? On couchera tous les deux sur le bateau ?

Je t'embrasse très fort, mon Frédéric. Je mets plein de baisers dans l'enveloppe. Demain matin, avant le cours d'histoire-géo, Julie passera me voir. Je lui donnerai cette lettre. C'est elle qui achètera le timbre et qui la postera.

Ta petite Marjo

Mercredi 23 juin

Mon Frédéric chéri,

Qu'est-ce que j'apprends par maman ?
Tu viens en juillet à Royan avec nous ? Je
me suis retenue de sauter sur mon lit en
hurlant de joie. Maman m'a regardée
d'un air bizarre, et elle m'a même dit :
« Eh bien ça te fait un effet ! C'est meilleur
pour toi que les médicaments ! »

Mais quand l'as-tu décidé ? On en avait
parlé, le jour de la régate, mais tu disais

que ton usine t'obligeait à prendre tes vacances en août. Tu t'es donc débrouillé pour changer ? Ah ! que je suis contente, contente, contente ! Je danse dans ma chambre en criant sans bruit, pour que les infirmières ne m'entendent pas. Est-ce qu'on ira dans les îles ? Et tu m'apprendras encore à faire le point avec les étoiles, parce que c'est vraiment très très compliqué et je ne suis pas sûre de comprendre en une seule fois.

Par la fenêtre de l'hôpital, je regarde le ciel. Tout ce bleu, pour moi, c'est la mer. Je vois ton bateau, et nous dedans à s'amuser, à crier comme des fous, à faire la course...! Et puis nous deux assis à l'avant, tu me tiens contre toi et tu embrasses mes cheveux.

Julie m'a rapporté mon sac de classe et sur le cahier de textes j'ai barré tous les jours, depuis le 20 mai (première lettre) jusqu'à aujourd'hui, 23 juin. Nous avons déjà passé beaucoup de jours ensemble, avec nos lettres ! Et toutes les nuits où je ne dors pas pour me souvenir de toi !

Puisque tu viens chez nous ce week-end, il ne nous reste plus que cinq jours de séparation avant de partir pour Royan. Nous n'aurons plus besoin de nous écrire, puisque nous habiterons la même maison, que ta chambre sera à côté de la mienne. D'une certaine façon, c'est dommage. Écris-moi une dernière lettre chez Julie, mon Frédéric, une dernière belle lettre, avant le premier juillet.

Je t'embrasse en fermant les yeux pour te voir.

Ta Marjo

Dimanche 27 juin

Souviens-toi que ce matin, sur le bateau, tu m'as juré de m'écrire une *vraie* lettre très gentille avant les vacances. Je voudrais que tu m'écrives une lettre aussi douce et chaude que ton bras sous ma tête pendant la nuit parce qu'il n'y avait pas d'oreiller sur le bateau. Je voudrais que tu m'écrives toutes les phrases que tu m'as dites pour m'endormir. Si tu ne le fais pas aujourd'hui, je ne la recevrai pas chez Julie avant de partir.

Alors Julie garderait la lettre pendant toutes les vacances, et comme elle n'arrête pas de me poser des questions, elle serait capable de l'ouvrir par curiosité. La galère ! Alors surtout écris-moi vite, vite !

Je mets ce mot dans ta chambre sur ton oreiller : tu ne risques pas de ne pas le voir.

Je t'embrasse et je me serre dans tes bras.

Ta Marjo

Dimanche soir, 27 juin

Marjo, Marjo ! tu es folle ! Laisser ce mot sur mon oreiller une soirée entière ! Mais tu sais bien que n'importe qui entre dans les chambres, surtout dans la mienne, pour chercher le matériel du bateau, les cartes, un bouquin, n'importe quoi ! Ton père ou ta mère pouvait le trouver, reconnaître ton écriture, le lire sans même penser à mal ! J'en ai des sueurs froides. Qui sait, même, si personne ne l'a lu ! Heureusement que nous avons passé la soirée tous les quatre à jouer aux cartes ! Je crois que je l'aurais senti, si tes parents l'avaient lu. Mais peut-être étaient-ils tellement surpris qu'ils se sont efforcés de dissimuler leurs sentiments ? Marjo, quelle insouciance ! Tu me fais peur, et je me sens, en même temps, gagné par ton innocence.

Tu étais plus belle et rayonnante que jamais, ce dimanche, Marjolaine ! Toutes les traces de griffures sur ta joue s'étaient effacées, sauf une, petite, juste sur la pommette, suspendue comme une larme.

J'ai besoin de toi, de ta gaieté, de ta beauté, ma petite Marjo. Pendant des mois, j'ai arpenté une cave noire et humide et, brusquement, tu me tires en plein soleil. Tu ris, tu chantes ; tu chahutes, tu nous fais des blagues... Et nous te regardons, si belle, et forte, et vive...

J'ai hâte moi aussi qu'arrivent les vacances : te contempler tous les jours, avec tes petites dents blanches qui scintillent quand tu ris, et ton corps qui danse...

Jamais je n'aurais imaginé ce qui m'arrive aujourd'hui. Pourtant, tout me paraît simple. Il nous suffit d'attendre quelques années, et plus personne ne sera choqué de nous voir ensemble. Je pourrai te prendre dans mes bras devant tout le monde, nous partirons en mer tous les deux sans que Jacqueline fronce le sourcil (je l'ai vue, ta maman, dimanche matin, froncer le sourcil, mais toi tu ne veux rien voir !).

Il nous faudra beaucoup de patience et de courage, Marjo, mais je me sens ce soir plein de force, et j'y crois.

Ton Frédéric, qui t'aime et pense à toi

P.S.: À Royan, ne laisse plus de mots sur mon oreiller, c'est trop dangereux. J'ai une autre idée : nous pouvons utiliser comme boîte aux lettres la mangeoire aux oiseaux que nous avons accrochée ensemble dans le pin (tu te souviens, l'hiver où il a neigé). D'accord ?

Jeudi 1er juillet

Mon Frédéric,

Un petit mot, pour te dire que je t'aime et essayer la mangeoire aux oiseaux : savoir si tu le trouveras avant demain matin.

À propos, j'ai une bonne idée de balade pour demain : si on allait pique-niquer sur une île ? Peut-être au fort Boyard ?

Plus tard, nous traverserons ensemble l'Atlantique, et nous nous arrêterons sur une île déserte. Plus personne ne viendra nous embêter. Tu me construiras une cabane. On mangera des ananas, des noix de coco. On se baignera toute la journée, et quand on en aura assez, on prendra la mer, on abordera dans une autre île, et on recommencera, jusqu'à ce qu'on soit bien vieux. Alors on partira au large, on affalera les voiles et on sautera tous les deux dans l'océan.

Ta Marjo qui t'aime

Nuit de jeudi à vendredi

Ma petite Marjo, tu vois que je l'ai trouvée, ta lettre. Comme tu es excessive ! Que tu as des idées étranges, parfois ! C'est à vivre ensemble que nous devons songer, et pas à mourir. Nous avons tant et tant d'années à vivre !

Pour fort Boyard, je ne suis pas sûr qu'il soit possible d'y aborder. Mais j'ai une meilleure idée : tu verras demain matin, c'est une surprise. Repose-toi bien, mon cœur. Je vais te regarder dormir par la fente de tes volets, en allant poster cette lettre dans la mangeoire aux oiseaux.

Bonne nuit.

Ton Frédéric

Vendredi soir

Alors, c'était ça, ta surprise ? Pas de bateau du tout ! C'est parce que papa et maman ont découvert ta lettre ? Pourtant c'est toi qui l'avais inventée, cette cachette ! On peut dire que c'est réussi ! Moi, avec Julie, il ne s'est rien passé. Est-ce que tu as choisi exprès cette cachette idiote pour qu'ils découvrent notre courrier ?

Je sais tout. Je vous ai entendu parler dans la cuisine. Je t'ai entendu, Frédéric, répondre à mes parents comme un bébé qui a fait une bêtise : « Un jeu innocent... une complicité enfantine avec Marjo... Tous les enfants aiment les messages secrets... » Les enfants ! Et dire que j'étais heureuse avec toi parce que tu me parlais comme à une grande personne ! Mais c'est dégueulasse ! Tu te moquais de moi, tu faisais semblant !

Je mordais mon poing pour m'empêcher de sauter sur la porte et leur crier tout ce que tu m'as dit, depuis une semaine, tous les mots que tu m'as écrits. Et maman qui en rajoutait : « On n'a pas le droit de jouer avec les sentiments des enfants... » C'était des messages d'enfants, nos lettres ? On faisait un jeu de piste, tous les deux ? Pourquoi tu ne m'as pas défendue ? Je ne suis pas une gamine, Frédéric ! Pourquoi tu ne nous as pas défendus ? Tu n'as pas le droit de ne rien dire, tu n'as pas le droit de partir, comme ce matin, en passant devant moi sans un mot, en me repoussant pour m'empêcher de venir avec toi.

Toute la journée, je t'ai attendu. J'avais mal au ventre et le cœur noir. Quand tu es revenu, tu étais tellement en colère que tu ne nous as même pas regardés. Pourtant papa, maman et moi, on t'attendait. Et comme le matin, tu es passé à côté de moi sans me regarder, sans faire un seul geste pour moi alors que j'avais passé la journée à t'attendre, à ne rien faire d'autre que t'attendre, sans manger, rien.

L'après-midi, maman est venue s'asseoir à côté de moi sur la balancelle. Elle m'a caressé les cheveux, j'ai pleuré. Elle aussi, elle avait des larmes dans les yeux. Mais je ne lui ai rien dit. Elle savait que je ne pouvais rien lui dire. Elle ne m'a pas posé une seule question sur nous. Elle a demandé si je voulais rester seule, j'ai dit oui. Elle est partie avec papa sur la plage. Je ne pouvais pas bouger du jardin tellement j'avais peur de te manquer, au moment où tu reviendrais. Quand j'entendais des pas dans le chemin, je courais à la grille, ce n'était jamais toi, et j'avais mal.

Jamais je n'ai attendu personne comme je t'ai attendu. Je croyais que quand tu reviendrais, tout irait mieux, tout serait simple, comme avant. Mais quand tu es revenu, c'était pire. Tes yeux étaient tournés vers l'intérieur. Tu ne m'as même pas vue.

Explique-moi, Frédéric. Ne me laisse pas toute seule sans un mot.

Marjolaine

Nuit de vendredi à samedi

Marjolaine,

Tu me crois fort parce que j'ai trente ans. Tu te trompes. Je ne suis pas fier de moi en ce moment. J'ai été lâche devant tes parents, mais, auparavant, j'ai été faible avec toi. Tu m'as entraîné, par tes lettres, bien au-delà d'où je voulais aller. Les mots exagèrent toujours. On écrit amitié puis on écrit amour, sans s'en apercevoir, comme si c'était la même chose.

Tu es très mûre, Marjolaine, c'est vrai, mais tu as encore beaucoup à apprendre. Arrêtons ici notre correspondance. J'ai cédé devant ta crise de violence, j'ai été avec toi ce que tu voulais que je sois, j'avais besoin de t'aimer parce que ma vie, sans Marion, devenait un désert. Je ne t'ai pas trompée, Marjo. Je me suis laissé emporter par tes mots, par les vacances, par ton insouciance. Je suis très attaché à toi. J'ai pour toi une grande tendresse et, poussé par tes lettres, emporté par ta volonté à toi, je l'ai confondue avec de l'amour. Jacqueline et Christian, ce matin, m'ont ramené brutalement sur terre : avec toi, je rêvais, je m'évadais du monde.

Comprends-moi, Marjolaine. Quand on a trente ans, on ne sait pas forcément ce qu'on veut, ni où on va. Peut-être que toi, avec tes douze ans, tu es plus forte et résolue que moi.

Je t'embrasse.

Frédéric

Samedi

Tu es faible avec moi et lâche devant mes parents. Mais moi je sais ce que je veux : si tu pars, je leur montre *toutes* les lettres que tu m'as écrites. Ils verront bien que ce n'est pas moi qui t'ai entraîné, comme tu le dis. Tu m'as écrit, dimanche : « Ton Frédéric qui t'aime et qui pense à toi. » Alors ce n'est pas vrai, que tu m'aimes ? Est-ce que c'est moi qui t'ai obligé ?

Marjo

Samedi 3 juillet

Ma petite Marjolaine,

Je comprends que tu m'en veuilles, que tu aies mal, que tu veuilles me faire du mal. Mais cela ne changera rien. Je vais partir. Je me suis laissé aller à des gestes trop graves, avec toi. Je n'ai pas assez réfléchi aux mots que je t'écrivais dans mes lettres. Je t'aimais sincèrement, d'une affection de frère, je crois. Toi non plus, tu n'as pas assez réfléchi aux mots.

Nous avons joué. Et aujourd'hui, tu crois que je t'abandonne, que je te trahis. Moi, je sens que tu veux m'emprisonner dans ton chantage. Nous nous faisons du mal l'un à l'autre. Soyons ensemble raisonnables. Arrêtons là nos lettres.

J'ai grand besoin d'être seul. Peut-être montreras-tu notre courrier à Jacqueline et Christian : de toute façon, je leur raconterai exactement, avant de partir, ce qui s'est passé entre nous.

Demain matin nous irons ensemble sur le bateau. Nous pourrons nous expliquer. Et nous nous dirons adieu. Jacqueline et Christian seront avec toi, pour t'aider et pour t'aimer. À douze ans, on a encore des parents pour nous consoler. À trente ans, on pleure tout seul.

Je t'embrasse, Marjolaine, à demain.

Frédéric

Jeudi 22 juillet

Frédéric,

Quand tu m'as serrée si fort dans tes bras pour me dire adieu, il y a dix-huit jours, sur le bateau, j'ai compris que devenir grand, ça voulait dire aimer petit.

Tu m'aimais, j'en suis sûre, comme une vraie femme, pas comme une petite sœur. Mais mes parents t'ont fait honte.

Tu n'étais pas capable d'attendre que je sois un peu grande. Tu avais honte de moi, si petite. Tu n'étais pas assez fort pour tenir : alors tu m'as quittée.

Mais moi qui t'aimais grand, j'ai tellement mal, depuis que tu es parti, que je te déteste. Maman m'a dit que tous les hommes et toutes les femmes ont des chagrins d'amour, que grandir, c'est avoir des chagrins d'amour, qu'on n'y peut rien, ou alors on vit dans une cave sans voir personne, que ce qui nous est arrivé est arrivé à des milliers d'hommes et de femmes. Mais ça ne me console pas.

J'ai mal.

Depuis presque trois semaines, je vis sans toi : je fais de la gymnastique, je suis inscrite au club de voile, j'ai lu tous les livres que j'avais apportés.

Je ne pleure pas.

Tous les matins je vais faire un footing sur la plage avec maman, et quand je cours très vite, j'ai un petit peu moins mal.

Avec elle, Frédéric, je cours dans les vagues sans regarder vers le large, je cours du plus vite que je peux, et je t'oublie de tout mon cœur.

Marjolaine

Du même auteur,
chez d'autres éditeurs

Un papillon dans la peau, Gallimard, 2000

La Violence, carton rouge, Actes Sud, 1999

Je ne suis pas un singe, Pocket Junior, 1999

Les Aventuriers du silence, Actes Sud, 1998

La Vie en rose, Gallimard, 1998

La Grande Réserve, Actes Sud, 1998

Marguerite et la politique, Actes Sud, 1998

Le Miniaturiste, Gallimard, 1996

Un amour de bisou, Actes Sud, 1996

Marguerite et la métaphysique, Actes Sud, 1996

Contes de l'Europe, 4 t., Casterman, 1992-1995

Je suis le lion, Magnard, 1990

Je n'ai pas peur de l'aspirateur, Magnard, 1990

L'auteur

Successivement professeur de lycée, de collège, animatrice d'ateliers d'écriture (elle crée en 1985 la société Aleph avec un groupe d'animateurs), Virginie Lou commence à écrire à la fin des années 80. La naissance de son fils, en 1987, la précipite dans l'écriture « pour la jeunesse » et lui ouvre la voie de la fiction. Depuis, elle écrit des romans et partage, lors de visites aux lecteurs et dans ses ateliers, les plaisirs de lire et d'écrire.

Dans la collection
tempo

Mis en pages par DV Arts Graphiques à Chartres
Achevé d'imprimer en France
par Hérissey en décembre 2005 - N° 100844.

Dépôt légal : décembre 2005
Loi n° 49.956 du 16 juillet 1949
sur les publications destinées à la jeunesse
N° d'éditeur : 10128381